Rejuntario

(poemas 2004-2016)

daniel barroso

el ojo virola de sartre

daniel barroso

el ojo virola de sartre

(2006)

Ilustración de tapa y contratapa:
José Luis Ottati, obra: autorretrato en segunda tensión

¡Cuántas tonterías! Es que se lee mucho más de prisa, mal, y que se juzga antes de haber comprendido. Por tanto, comencemos de nuevo. Esto no es divertido para nadie, ni para ustedes, ni para mí. Pero hay que dar en el clavo. Y como los críticos me condenan en nombre de la literatura, sin decir jamás qué entienden por eso, la mejor respuesta que cabe darles es examinar el arte de escribir, sin prejuicios. ¿Qué es escribir? ¿Por qué se escribe? ¿Para quién? En realidad, parece que nadie ha formulado nunca estas preguntas.

Jean-Paul Sartre

digresión sobre ética y estética

nos exigen la revolución de la palabra

justamente por eso

de hoy en más

no hablaremos más del imperialismo

sólo mencionaremos a su puta madre

digresión sobre la imagen del poeta

nunca tan solo robinson
lejos de tus puertos de humo pasan los barcos

ya no es tan maravillosa esa la luna clavada en tu ojo
ni ese crepúsculo sangrando en el pecho

ya no te importan las plantitas acuáticas o los helechos mágicos
ni las caprichosas constelaciones del día

los animales que acariciás suelen huir de tu olor a lejos
de tu poca imagen
de tu voz en blanco y negro

tan anclado a los aullidos van tus pasos

tan noche el espectáculo de tu colección de cascajos

tan de mustia neblina tu espalda recta

tan de pájaros que no anidan lo ciego de tus piernas

ya no limpiás los cacharros de la sed
ni las cobijas sudorosas de guerras oníricas

ya no hay fruto que no duela en tu simiente
ni peces que no espinen tu tráquea o escamen tu lengua

ya no convocan sombra tus manos
ni siquiera los insectos rondan la siesta

no hay nada que hacer
vas a tener que regresar de tu islita
usar dentífrico y colgar los cuadritos familiares
asomarte al espejo
seguir algunas reglas
usar traje cada tanto y sonreír en las fiestas

es así robinson
tan de carne y hueso que nadie nota la diferencia

qué te puedo decir

prefiero la ambiguedad de la farsa
a lo previsible de la tragedia

digresión sobre la insistencia con la rosa

la rosa no contempla su existencia

ni hace estudios de mercado

ni teme a la competencia

hasta el cansacio sus pétalos arrancados en poemas
proyectos de belleza aniquilados rimando y sin rima o con todas las comas puestas

por eso la belleza de la rosa

es un misterio o una obviedad de espinas y riego

y el poema

es tan solo un desconsuelo
porque ni crece semilla
ni otoña hojas perennes que broten de nuevo

digresión sobre las influencias

a veces promiscuas
salvajes
hereditarias
entrometidas
inválidas
o invitadas

que nos siguen
hasta el olvido y la condena
hasta la semejanza o la desobediencia
hasta la salvación o el improperio
hasta la virtud o la carencia

son
como moscas carroñeras
como luces atrayendo barcos
como oxígeno de terapia
como tablas de naufragio
como gemas perdidas en la mano
como un ovillo de luz
acechando en las ventanas

si de temer perderlas hasta el miedo de encontrarlas
gusanan ideas hasta su capullo seco
infiltran sus espias y toman todo por asalto
de volar son pájaros y de milagros suelen ser batracios

y a la hora de escoger simpre el error serà tu aliado
serás libre cuando quedes atrapado
creyendo que te han olvidado

digresión sobre la hoja en blanco

si fuera el cristo
                    y no dalí pintando bigotes como clavos
si fuera el ojo del caballo
                    y no picasso bajo el farol desvencijado
di fuera esa sillita de mimbre
                    y no vincent huyendo del cuarto
si fuera el quijote
                    y no cervantes con el yelmo de orines bajo el brazo
si fuera una caja vacía
                    y no su cuerpo cayendo como tierrita de espanto
si fuera ivan el temible
                    y no aisenstein en los claroscuros del mármol
si fuera la felicidad
                    y no un balazo la sonrisa en el camastro del comandante
si los heraldos fueran negros
                        y no vallejos de nuestro cáliz aparatado
si fuera siempre una caricia
                    y no mis manos las que llegan a ningún lado
si fueran los arneses
                    y no frida la que pintara sus retratos
si ésta mosca se dejara de joder
                    y no volara sobre los poemas de machado
si al menos fuera yo
                    y no el poema sobre la hoja en blanco

digresión sobre la real academia

**No es lo mismo decir que una persona es "tonta", o "zonzo"
a decir que es un pelotudo"**, parte de la ponencia realizda
por el negro Fontanarrosa en el Congreso de la Lengua Española,
celebrado en Rosario en noviembre de 2004

la motivancia
del chamuyante
está en la aceptancia
del palabrerío imposicionado
por los invadientes

aunque no invalidancia
la creativancia de los invasionados
de los indiantes
mulateros
o criollecientes
temerantes de inti
religiosantes de la pachamama
y las carnavalancias
como los cristianantes
que son adoratantes de los buracamientos
de la crucificancia

culturantes de nuestras lenguancias
declamantamos nuestra real academiancia
sin negamiendo de la españolancia
de sus gorutas reyantes
de los intelectualingos de buena parla
ni sus aligarcantes reglamentancias

hacemos el rogamiento
para que no caigan en confundancias
que parloteamos la castillancia a nuestra gueva tolerancia
y que nuestras expresancias
garinicientes
aimarantes
quichuantes
choroticentes
chiriguanienses
wichinantes
lunfardantes
y otras etceterancias
son hablancia sudamericante
último reductamiento
para el putiamiento
y la liberancia

"

digresión sobre la inspiración

lo que buscás puede ser una gesticulación adyacente / temporal / irritante
puede columpiarse como un universo de ojos quietos
puede que nada ocurra y solo sea el borde pestilente de una herida
nada seguro para esos pasos de niño
nada
ni siquiera los insectos previsibles del verano
nada alentador en todo caso
cuando la lluvia es un presagio de alambres o botellas

de todas maneras vas a insistir sobre el hueso
sobre su astilla sangrando al viento de su madera
o del ala quebrada de todo lo pájaro

así de tremendo el orgasmo de lo ciego buscando algo que lo nombre
así de insignificante la soledad de tus puertos
así o de todas las maneras posibles entrarás a lo que huye
con el rostro cubierto de otoños y señales de regreso
hábilmente derrotado por los toros sedientos de tu cuerno de asno

verás a los hombres como peregrinos de tu fe
como sicarios o traidores
apuntarás al centro de lo invisible
sucumbirás acorralado en el agujerito chino de tus sombras
y en todas las cerraduras serás una aldaba de palo

ya no serás libre de pedirle al árbol sus frutos
ni de tenderle trampas a tu cadáver
serás el agua de tu sed y morirás bebiéndote
como cualquier animal dejarás en paz tus colmillos sobre lo brutal de la carne
y aullarás atrapado en desfiles de paraguas y puentes a ningún lado
estremeciendo el tacto hasta olvidar la superficie de las cosas

entonces ya no importará el dolor de imágenes y victorias
una soledad agria entre el paladar y las uñas dormirá a tu lado
invocarás cifras revelando secretos que nadie espera

nada de lo habitable ofrecerá refugio
nada de lo inevitable escapará de tu morada
el tiempo burlará sus llaves entre óxido y cataclismos de candados
sin explicaciones
como todo cuchillo que nace antes del tajo

digresión sobre los lugares comunes

los medicamentos no pueden con tus achaques
una neurosis cíclica te tiene atado a la pata de la cama
el bondi para donde quiere y viajás siempre parado
la carne siempre está dura y la fruta seca
el amor no es una respuesta y ni siquiera sabés dónde golpear la puerta
las emociones te acorralan entre el bricolaje y el pan de cada día

odiás la divagación de los adverbios / la fornicación de los adjetivos
la incapacidad del verbo / el interruptus musical y la incontinencia de la rima
estás en comunión con el éxtasis / con la revelación y la recetas de cocina

y a la hora de gemir gritás
y a la hora aullar te cosés de silencios el alma
siempre es el momento justo pero inalcanzable
siempre es una buena idea pero se queda en la vereda
sucede que de tanto ahorrar pagás tiempo de descuento
sólo te queda dios pero está harto de los poetas
y ya tiene vencidas todas las recetas de talento

vas a tener que probar otra medicación
cambiar la dieta
dejar la desnudez sobre el catre
que te muerda oscura la esperanza o el desamparo

estar desprevenido
huir de las palabras
deslumbrarte menos con los moñitos
entrar en silencio sin sacarte los zapatos
gastar de las deudas y no pagar nada
dejar que tu herida elija los puñales

entonces

en cualquier momento

lo dirás como nadie

digresión sobre la cocina poética

si hay un antes y un después ambos se nutren de sombras
de pormenores
de candiles
de la agonía que yace tras la puerta

al menos a mí no me convida nada
con la boca llena escupe migas de avaricia
y se sienta a esperar que cobarde la ignore
o que con coraje intente otra derrota

la cosa está ahí
tan caliente como gélida
mostrando un bies de enagua
un despunte de cuchillo
una ineficacia convocante

por eso
yo prefiero adivinarla a conocerla
ignorarla y no arrastrarme
aunque a veces hago ruido de cadenas
y surjo despiadado vaciándome los ojos

es un trance conciliar y errabundo
una escuálida señal de tren nocturno
un albur de tedios inmortales

camaleón inocultable
pajarito cantor herido en su jaula

entonces le concedo las veladuras del sueño
gesto trampas rumiando despierto
o la maldigo con vulgaridad evangélica
ni tan descuidado como un santo ni tan certero como un guerrero

así
esquiva
errática
mendicante
provocativa y claudicante

así se cuece esta receta de famélicos
y salvo los que siempre asisten a banquetes preparados
o los que comen manjares congelados
no conozco a nadie eructando la saciedad de sus hallazgos

el ojo virola de sartre

unicato

poesía que no llega a los talones
que no perfuma ni es veneno
que no llega ni regresa
que no es sapo ni princesa

poesía difusa que agoniza
se esteriliza
se industrializa
se estratifica
se codifica
con los clavos de dios se crucifica
y al cuarto día resucita
con los ladrones de la estampita

poesía innovadora / exhibicionista / espasmódica / encapsulada / sodomizada /
decadentista
que limpia los bordes
que apenas brilla

poesía para vitrinas
para repisas
en agendas
y cajitas de anfetaminas

poesía burbuja / globo aerostático / cúmuls limbus
etérea / tenue / cadavérica y bulímica

poesía / hipoacústica / hipoalérgica / hipertensa / hiperbólica / hipopótama / hipotenusa
adornada rococó / con arpillera y esparadrapos de confesionario
que anda perfumada y no huele a nada
con ropa prestada
con la yerba seca
y con moneditas bajo la almohada

poesía escatológica / migratoria / monotemática / inofensiva y giratoria
que busca pulgas
botones de muestra
que mira el árbol
que mira el bosque
que no ve nada

poesía de reojo volando bajo y oteando corto
que busca efectos y pone precio a la cabeza y los premios
que busca un sayo que le caiga bello

poesía ventruda / asiestada / camandulera /vociferante / parasitaria / acamalada
que no escatima inspiraciones

que no regala
que cobra peaje
que no vale nada

poesía / pantagruélica / dinosaura / estrafalaria / tiovivo de la nausea
que empuja siempre en la salida
que no espera ni hace la fila
que no deja rastros
que está al día
que se come todo
que es sapo y no convida

poesía bien educada
que se fuma sola
hasta que se apaga

duquesa

poesía de los poetas que se abrochan la camisa y sangran por la espalda

poesía de los poetas que miran la historia composición tema de la vaca

poesía de los poetas sustantivos verbales / adjetivados / amusados y descreídos

poesía de los poetas ataviados como faisanes entrando al mundo como elefantes

poesía de los poetas atrincherados en los balcones de las salas de arte

poesía de los poetas amaestrando camellos en el desierto de los bares

poesía de los poetas que cantan como gallos y gallinean si es necesario

poesía de los poetas amenazados por el consumo ilegal y los piquetes de la tarde

poesía de los poetas colgados de la teta de la imagen como terneros sin hambre

poesía de los poetas aceitando el engranaje de la neutralidad de la poesía de los
poetas que por eso mismo no son neutrales

poesía de los poetas lúcidos y translúcidos visiblemente irritados por la poesía de los
poetas que no toleran la anestesia local cuando la poesía de los poetas sale a la calle
y no intenta morir sanita ni por cómplice salvarse

poesía de los poetas acaecidos tras el podio de los más vendidos de los más vendidos
de los más vendidos de los más vendidos

poesía de los poetas tragados por la pelusa del ombligo

poesía de los poetas glamorosos / escenográficos / pleitocénicos
empecinados en versos bonitos de la poesía de los poetas que no son fierro ni el viejo
hucha y cuando los perros a veces ladran es porque sancho los dejo a pata

tricota

poesía de los poetas buscando la estética de la cosmética de la métrica

poesía de los poetas atados a la veleta que no está quieta
con tanto viento de pedorreta

poesía de los poetas que a todas luces no hacen causa con las batallas cuando en la
plaza llueven los gases y los caballos pisan pañuelos y la musas salen rengueando del
entrevero

poesía de los poetas de las tertulias
que no señalan que no critican
que esperan turno en su sillita
y parlotean sacando punta a su puemita

poesía de los poetas muy seguros y displicentes
que dan consejos
que pontifican
que muestran sus títulos y se desvirgan haciendo citas

poesía de los poetas que no politizan ni sindicalean
que se anarquean a la violeta
que no se suman
que no se restan
que ni de izquierdos ni de derechas
huyendo al centro jugando al borde
cuando el sistema duerme la siesta
y tocan timbre a la carrera

poesía de los poetas endecasílabos y alejandrinos rimando cuartillas y versos yambos
que andan pálidos que languidecen entre las musas que los calientan y los engatuzan
y llegan solos a la catrera

poesía de los poetas almibarados / edulcorantes / gelatinosos / empalagantes
enamorados de los amores de los jarrones lleno de flores de las praderas y los
cabellos llenos de soles

poesía de los poetas condescendientes / complacientes / equitativos / equilibrados
que como todos vamos de paso sin más destino que un buen cadáver desparramado y
agusanado en el parnaso

cuaterno

poesía lubricada y mecanizada
poesía mística y apocalíptica
poesía amorosa y jeroglífica
poesía social y decorativa
poesía histórica y paisajista
poesía didáctica y troglodita
poesía huesuda llena de fibra escrita en noteboock o libretitas
poesía culta de shomería que es ecruchante cuando la luna gatea por las cornisas

poesía obrera y filibustera que no se estira que no se achica que se menea
poesía épica y mendicante
poesía lírica y comediante
poesía estructural y sibilina
poesía simbólica y neo realista
poesía ritual y socialista
poesía de tacos altos de mano larga de andar a tientas de sobar las riendas
poesía al trote de paso lento que llega tarde y sin documentos
poesía roquera vomitando tango en las veredas
poesía gutural y guerrillera
poesía negra y rubita de mataderos y de crimea
poesía pobre y belicosa
poesía condescendiente y lapidaria
poesía lúdica y funambulesca
poesía detenida por antecedentes con libertad condicionada cautiva bajo palabra
poesía cliché partida al medio que no se entera y busca premio
poesía bohemia mirando el cielo arrastrando sombras de monumento
poesía del evangelio y dadaísta
poesía marinera que pastorea
poesía sutil tirando al bulto
poesía decorosa juntando bosta
poesía para canciones y velatorios
poesía para suicidas y culos rotos
poesía para cornudos y despechadas
poesía de cara al sur y al norte lo opuesto
poesía de la locura y los orgasmos
poesía surrealista y de prosapia que escuende versitos en la solapa
poesía rota que no se queja que no se rinde que monta en pelo cualquier caballo
que está cabrera que apunta alto y mea siempre fuera del tarro
poesía que pone el pecho que entra derecho por lo torcido
que está cansada de andar sin plata y que en la fuente mete las patas
poesía lunfarda y capicúa
poesía trágica y quilombera
poesía medioeval y conventillera
poesía maldita y cancerbera
que se esconde que no pelea
que está limpita que no indigesta
que no se aguanta que está alerta
que flamea como banderas

finale ma non troppo

poetas que no esperan nada a cambio
poetas que aun siguen esperando
poetas que esperaron y los dejaron plantados
poetas que no esperaron y fueron buscados
poetas que desesperaron
poetas que de esperar tanto fueron olvidados
poetas que sin esperar nada fueron olvidados
poetas que no fueron olvidados y esperaron en vano
poetas que antes de ser olvidados desesperaron
poetas que se olvidaron de esperar
poetas que olvidaron lo que estaban esperando

poetas que antes de esperar fueron olvido sin esperar ser olvidados
poetas que después de ser olvidados esperaron
poetas que en el momento justo de ser olvidados dejaron de esperar
poetas que de tanto esperar parecían olvidados
poetas que de tan olvidados se esperaron sentados
poetas que no esperados fueron olvidados por inesperados
poetas que inesperados trajeron su olvido esperanzados
poetas que sin olvido esperaron ser olvidados con los minutos contados
poetas que serán olvidados y siguen esperando

final
de película
daniel barroso

final de película
(2005-2016)

pauline y paulette ::

no sos mi nena muerta
no
ni el jardín quebrado entre las rosas
ni la canción de paulette entre las lápidas
ni la regadera azul de dios a las cuatro de la tarde

ah! pauline
la virginidad de un sueño es despertar sediento

nena tonta
pauline
atravesada por un tiempo de agua
por oscuras aves que comen de tu boca
y dulces animales de oro
adheridos al pan como hígados de frambuesa

nena tonta
pauline
mañana siempre es un arco quebrado de belleza
¿cómo buscar rostros de arena en las fotografías
vibrando con lógica de máquina
rompiendo los engranajes del cerebro
y los paraguas del miedo?

no sos mi nena muerta
no
como los ojos de mi mujer
esas campanas celestes tañendo como uvas
como el dolor de mis brazos o las agujas del llanto entre mis manos

y eso tampoco sos pauline

ah! pauline

se están llevando mi sombra

de nada sirve el calendario

ni el peso del ataúd

las cuentas de la carnicería

la marca en el pupitre o tu sonrisa entre la baba y los cojines

no pauline

no acudo en tu rescate

te abandono a la intemperie del alma

al silencio de pirámide de tu falda

detrás de la ventana es un buen lugar para nombrarte

:: Pauline et Paulette / Bélgica / 2001 / Drama / Lieven Debrauwer

primavera, verano, otoño, invierno... y primavera ::

la vida busca el alma en círculos

territorio perpetuo el de los ojos cosidos por la luz

metáfora sentada sobre las piernas de un monje

costilla del hombre sobre el péndulo helado del agua

ingrávida embarcación sin destino regresando siempre a la misma
orilla

guijarros que son montaña de un río que tiembla encadenado al alba

animales heridos en la deplorable vacuidad de un niño

siempre el amor inaugurando el desencuentro

la humedad es un rostro que la luna mece sobre una orilla seca

nada puede suponerse en el previsible silbo de la fronda

o entre las sombras que apenas otro viento receje
y sandalias de mujer que suelen morir o inviernan
como quien acuna hojas creciendo otoños

o sangra veranos hasta herirse el pecho
o empieza primavera
en el oscuro desierto de la luz

y otra vez la soledad es cuna del destino

:: Bom yeoreum gaeul gyeoul geurigo bom / Corea del Sur / 2003 / Drama / Kim Ki duk

21 gramos ::

no corras que tras las rejas de dios
todos los carceleros extraviaron la llave
no vas a escapar sin perder el alma
y ni siquiera fausto tendrá el contrato que firmaste
aunque aúlles y gimas y sangres animales por los ojos
nada detendrá la levedad de lo perdido
ni el pulso ahogado de las cosas
ni urgencia de uñas rasgando el pecho
ni un sólo ventrículo tendrá la oquedad de tu destino

no vas a recuperar el gesto de la despedida
ni el beso caído en el doblez de la sábana
nadie sabrá en qué momento fuiste solamente una làgrima

lo muerto en un instante no se parece al sueño
es un cortejo de sombras vagando sombras
viajero nocturno abandonando su ilusión de barco
como quien dejara la esperanza amarrada a un puerto

ahí estarás

ahogado entre lunas quirúrgicas
y el pánico azul de los metales
condenado a al silencio de los huesos
al aullido negro de la carne
y la feroz caricia de los dedos
te verás partir
arrastrando tu féretro
y de ojos abiertos

:: 21 Grams / USA / 2003 / Drama / Alejandro González Iñárritu

bailarina en la oscuridad ::

no va a ser fácil olvidar
fred aún sigue bailando
en cada golpe de martillo o de ala
el ritmo es permanente y de notas anhelantes
de una sórdida armonía como gotas de sombra
sus pies se abisman como toros del aire
inútiles cascabeles que deforman la noche
sobre el oído de dios
bajo la lluvia o la desdicha
fred baila
y sigue bailando

pero la cieguita ya no cree en cuentos de hadas
ni en las manchas de sangre sobre su falda
solo aprende de memoria luciérnagas
extiende los brazos cuando el mundo se aleja
mientras acaricia tristezas de lo amado
o una melodía simple para ciento siete pasos

no va a ser fácil
fred
aunque sigas bailando

en la fábrica o en los vagones de carga
en el absurdo afiche que la llevará al cielo
como quien lleva una herida de barcos
o una luna derrotada sobre el cuerpo
ella será una demolición de la cintura para abajo
una absurda ruina danzando en la tempestad de sus piernas

no va a ser fácil olvidarla
fred
aunque siga bailando

aunque en los musicales nunca suceda nada atroz
ella estará balanceándose en el hechizo de un compás quebrado
sus pies dejarán secretamente el suelo
como ginger volando entre tus brazos

nada esencial
fred

lo invisible no está en sus ojos
y este baile te quebró las piernas

:: Dancer in the Dark / Dinamarca / 2000 / Drama / Lars von Trier

elephant ::

el informe pericial
dio como resultado
que los orificios de salida
eran como lunas derretidas
que en la escena del crimen
la música no era siempre la misma
y que en las paredes descascaradas
por los balazos
había retratos de papá y mamá
festejando mi cumpleaños
con estúpida ternura de domingo
y algo quemándose en la parrilla

:: Elephant / USA / 2003 / Drama / Gus Van Sant

ciudad de dios ::

tanta sangre no puede caber en un niño

sin embargo el charco no para de crecer
y nuestros brazos son un puente roto
un camino cercado
una plegaria de domingo cuando dios está dormido
una mutilación de luz cayendo por un muro
un muro donde hay nombres que tapan otros nombres
porque hay pinceles nuevos sobre letras muertas

sin embargo hay una grieta que nos traga
y es tan noche la soledad de los hambrientos
tan de intemperie lo que nace y lo que crece
que no es nada la niebla podrida del sueño
ni el tiempo de su espalda chiquita
ni los incendios blancos en la tráquea
o la corona fría que lo unge en los baldíos
o su séquito de ángeles intoxicados por el humo
con tatuajes de fuego bajo las alas

sin embargo muere invisible la geografía de su sangre
simplemente ha perdido el rumbo de la ternura
apenas eso
la vergüenza rabiosa
de su cuerpo
apenas un charco de niño que no para de crecer

:: Cidade de Deus / **Brasil / 2002 / Drama / Fernando Meirelles, Kátia Lund**

mi vida sin mí ::

si me voy a morir
no le cuentes a mamá que ya no riego el jardín
ni que sartre escribió algo parecido a todo lo que pienso

no le digas
no

que el agua que corre en los excusados se lleva mis lágrimas
ni que hay olores persiguiendo la flor de mi ombligo

es que ya no puedo limpiar el mundo
ni hacer el amor
o pensar que un día será todo distinto

si al menos los objetos silenciaran su frío
o vestida de entre casa se alejara la muerte
si al menos las calles tuvieran algo mío
una sombra sigilosa sin muro esperándome

y la luna durmiendo en los postigos

:: My Life Without Me / España-Canadá / 2003 / Drama / Isabel Coixet

las horas ::

abrir las ventanas y columpiarse en la oscuridad
como una enfermedad de sombras sobre el cuerpo

eso es el tiempo

y virginia no puede aferrarse a nada
se deja llevar
encarnada en el anzuelo de su falda

como toda mujer
sabe que el dolor
no tiene recompensa

:: The Hours / USA / 2002 / Drama / Stephen Daldry

million dollar baby ::

el riesgo de soñar desmantela sombras en tu espalda
aunque esté contra las cuerdas no va a dejar que tires la toalla
babeándose entre el protector y tu mandíbula hasta devolver el
golpe
por eso vas a quererla tanto
hasta dios va ser tu sparring cuando la soledad cuente hasta diez
y te levantes chorreando amor por el tajo del alma

(a pesar de todo no temas nena
yo te voy a curar de esa herida que te deja sola y sin piernas)

le decís
mocushla mi latido
no te dejes golpear sobre el mismo dolor
que estamos los dos esquivando la misma sombra contra el muro del
destino
la misma bolsa de arena y plegarias deshechas en los puños
la iglesia me ha abandonado en el rincón de los pecadores

pero
la vida
nena
no podrá ocultarnos
apenas nos robará unos céntimos del contrato
las manos de acariciar sombras o tinieblas
unas pocas cosas en el clinch de todos los días

simplemente nada
nena
sólo nosotros bailando en lo gris del cuadrilátero
o levantando rápido los brazos para frenar el conteo

le decís

y caés de rodillas entre esas cartas que regresan con deriva de
barco
cuando la soledad invita a tirar la toalla en el rig side de tu casa
y ella
mocushla mi latido
está contando las moneditas del mundo sobre su falda
lanzando golpes al aire o caricias perdidas sobre los desperdicios
del alba

ahí estás
mordido de silencio por un perro que no deja de aullar en todas las
esquinas
temblando de jeringas entre la indiferencia de dios y el ruego de sus
pestañas

mocushla mi latido
le decís

alejándote del mugriento claroscuro de la derrota
hacia el abismo de la pelea final
con el amor huyendo a su guarida de bestias
porque todo es al revés y hacia donde van las piernas no van los
brazos
y nadie puede con esa metáfora de los que no van a ningún lado

mejor sería dejar de leer a yeats y dejar para otros la pelea
pero entre las brumas del bar
sos la misma soledad de luz quebrada en la ventana
comiendo lemon pai
como si la vida alcanzara para pagar las deudas
o exactamente al revés
con la herida abierta
y la sangre seca

:: **Million Dollar Baby/ USA / 2004 / Drama / Clint Eastwood**

el rey está vivo ::

¡si el autobús se detiene que no sea en el desierto africano!
vana invocación si es una película danesa
porque allí irán con la desmesura de lo irreal
y con la libertad condicional del aburrimiento y el desgano

alí irán
buscando una contingencia que les devuelva la vida
y la vida volverá entre el sol de la demencia
las ruinas del sexo y la vitalidad de un rey muerto

allí irán pero no tan solos ni tan compuestos
irán con cordelia bebiendo de la sed de sus hermanas

y en cada acto caerá el telón lunar del desierto
y harán mutis por el foro los caídos en el grotesco de la neurosis
mística

mientras el viejo rey de bretaña los mira desde el palco final
arrojándoles las frutas de la muerte
y algunos carozos de la existencia

:: The King Is Alive / Dinamarca / 2001 / Drama / Kristian Levring

infancia clandestina ::

Sufres porque me aleja la fe de un mañana...
Enrique Santos Discépolo

¿sufrís en el claroscuro de lo que fue
o mal entendés esta claridad que somos?

nada puedo prometerte
no he llegado muy lejos
pero adonde he llegado
siempre estuvimos juntos

hoy me impresiona tu foto con los dedos en ve
y también los dos cargadores que llevo en el bolsillo
igual creo que hemos salvado lo que no soporta el inventario
la claridad
el claroscuro para ser precisos
y vos cantando discépolo a capela
mientras te miro en silencio desde la butaca

con el corazón en la boca
y la pastilla entre los dientes

:: Infancia clandestina/ Argentina / 2012 / Drama / Benjamín Ávila

me columpio como un ahorcado
la cuerda pende del cielo
y aunque no lo crean mis pies tocan la tierra
sucede que soy un condenado exitoso
una celebridad de la metro
un triunfador en estado de santidad maléfica
un bendecido por las big six majors de hollywood
sometido al purgatorio de una oquedad de reality films
a una soledad de estrella en su fugacidad de fuego y caída libre

pero ella sonreirá y podré olvidarme de la taquilla
de los autógrafos y de las mujeres colgadas de mis pupilas
bailando sobre mis bolas con sus aburridas vaginas de cuarzo
mientras busco sobre la mesa de luz un salvavidas
o que la luz de la lámpara me absorba como a una sombra

porque ella puede ser toda luz con su sola sombra

me romperé un brazo sólo para sostenerla en mi costado angélico
la llevaré de compras y viajaremos a lugares de sueños

pero nada como verla llegar con sus patines y girar en su cielo de
cristal
verla sonreír hasta alejarme de los aplausos de la academia
y los avisos publicitarios
y de la estatuilla que como un midas technicolor
nos convierte en carne de fármacos
en espiritualidad de marquesinas
y celebridades expuestas en celuloide barato

sólo ella modificó el guion hasta lograr sacarme del fotomontaje
de los planos secuencia de mi rutina diaria

y de los gritos en el plató cuando fallaba una costura o la eficacia en
el maquillaje

y si ya no me columpio como un ahorcado
es porque ella vino del cielo sosteniendo la punta de la cuerda
diciéndome:
¡ey
el escorzo nos deja desfigurados
pero soy tu hija y estamos rodando la mejor escena!

:: Somewhere/ USA / 2010 / Drama / Sofia Coppola

el último verano de la boyita ::

no recuerdo si era un alazán o de un roano
que en medio de las cuadreras escarceaba
como buscándole un lugar al horizonte de sus patas
recuerdo al jinete esmirriado y con el alma dividida
lo recuerdo al galope atravesando sombras
que el viento le dejaba en el pecho como una cifra de esperanza

recuerdo su frente dorada y sus prendas de montar cargadas de
fantasmas
también recuerdo a la niña que descubría la inmensidad extendida
entre polvareda y cardos
las mutilaciones en su falda
que añoraba el mar recuerdo y que en el recodo de sus fantasías se
iba inventando
alejándose del candor de los veranos y de su cuerpo sin espinas
aferrada sin convicción a la imaginería de una burbuja trashumante
y al cotillón que frente al espejo la mujereaba entre coloretes
y estratégicos rellenos de abundancia

también puedo detallar la brutalidad de la ignorancia y la
complicidad de la miseria
la brujería del sentido común atormentando la naturaleza de la que
estamos hechos
la daga ineludible de la vida entrando en la carne como un símbolo
o simplemente el tajo asumiendo su voluntad de sangre

y allí van dos que devoran la curiosidad ancestral de sus urgencias
dos dejando atrás la fosforescencia de la felicidad
porque el fuego del tiempo quema y sigue quemando
en las cenizas que deja dos al galope

aunque no recuerdo si era un alazán o de un roano

taloneando al bruto para que haga su destino de distancias

babeando y resoplando

dejando hasta las tripas en la velocidad de lo incierto

o apenas en la quietud de un paisaje de pampa y crepúsculo de

destierro

quizá dejando pedazos y ausencias en la burbuja trashumante de los

deseos

o en sus veranos de inocencia frente al espejo

:: El último verano de la boyita / Argentina / 20º9 / Drama / Julia Solomonoff

fase 7 ::

te partiré la cabeza barroso
decía mi vecino
y no se le entendía
tras la máscara anti gérmenes
que le arrugaba la cara contra el visor de vidrio templado
aparentando una mezcla de chuky autóctono y eternauta zombi

intentando mantener mi cabeza con sus daños congénitos
le di una certera patada en el bajo vientre
mientras otros dos bajaban por la escalera de incendios
como quien huye del maligno
o ha decidido salir a buscarlo

todo muy cinematográfico

un relato verosímil pero encolerizado
salvo la heladera rebosante de alimentos
la paranoia de usar casco y chaleco antibalas
y la avaricia de mantener a salvo las tostadas

debo decir que cuando se encendieron las luces de la sala
mi cabeza seguía con sus deterioros congénitos inalterables
pero la solidaridad había sufrido daños colaterales
como así también la buena vecindad y los gestos amables
sin contar con las apariencias
que empezaron a chorrear una transparencia de santidad
manteniéndonos a salvo
o al menos ya no engañan como en otras epidemias
o en otras películas donde no se sabía lo que pasaba en el
departamento de al lado
y muy pocos se atrevían a preguntarlo

:: Fase 7/ Argentina / 2010 / Comedia / Nicolás Goldbart

río místico ::

¿el navajazo de jimmy puso fin a la caería nocturna?

¿ya no gemía el pequeño dave rumbo a la madriguera de los lobos?

¿y sean devine dejo de lustrar su bate de béisbol por un instante?

obstinadamente aún rugen licántropos hambrientos

formando un círculo de aurigas siniestros en la sed de la vigilia

babeando de sus belfos las bestias de la noche

sobre el barro de la rivera y el fulgor de una luna negra

entonces

sean devine lustra su placa con jirones de recuerdo

y busca la felicidad de una voz al otro lado del teléfono

mientras en la mitad de la calle quedan

las sombras buscando reemplazar la luz de los cuerpos

digo

el pequeño dave

¿estará huyendo de los lobos todavía?

¿y el cadáver de katie será una agonía del pasado

besando a los tres como un símbolo perfecto

quizá demorado como un aullido del alma

o simplemente será que nadie escapa

de una herida que no sangra

carente de suturas

abierta al abismo del dolor y los sueños?

:: **Mystic River / USA /2003 / Drama / Clint Eastwood**

40

drácula de bram stoker ::

elisabeta mi querida elisabeta

como diría el miguel hernández:

quiero escarbar la tierra con los dientes

quiero apartar la tierra parte a parte

a dentelladas secas y calientes

quiero

florecer en esta mansedumbre de sangre

con el tormento eterno de tu nombre y mis conjuros

de esta filiación con la degradación carnal de no tenerte

con esta agonía de monstruo literario o leyenda maldita de los
enamorados

quiero dejarme morir si tus besos redimen nuestra herida

prefiero la lanza de los turcos

las cabezas en las picas

el horror de mutilaciones frescas

y hasta el sol rotundo ajando mortalmente mi piel

a esta maldición de despertar con tu cuerpo ausente

voy a regresarte elisabeta

desde los recónditos velos que la noche agita

desde las sombras de las sombras de este ritual oscuro

he mudarme ciego a los rincones como una bestia nociva

y entre diademas de sangre y muladares de odio voy a regresarte

entre la patraña cristiana que me hunde en el oprobio de los
sempiternos

entre cruces y estacas de madera asesina

venciendo el amanecer con nuestra desnudez intacta

hasta que los fríos celuloides de hollywood ardan de oscuridad

mientras dios en primera fila aplaude con vulgaridad parroquial

nos regresaré

como dos despojos de humanidad benditos de nostalgia

a voluptuosas tinieblas destinados

o como dos amantes en guerra

condenados a la eternidad de los abrazos

:: **Bram Stoker's Dracula / USA / 1992 / Drama-Romántico-Vampiros /**

Francis Ford Coppola

la chica danesa ::

era tan delicado ella

y tan femenino él

que cuando se puso las medias de seda se acarició la infancia

y una parte insospechada de él la erizó entera

desde ese momento sus retratos fueron ella

pintados por su amante que deseaba de él

todo lo que tenía de ella

se buscó en retratos y bocetos

en fotografías y en rubor de sus mejillas

siempre se vio igual a lo que deseaba

siempre pudo sospecharse frágil

siempre pudo soñarse con suavidad salvaje

se ponía a salvo despintándose las uñas

o abotonado la bragueta bajo la falda

una tarde lleno su bolso con la ropa adecuada

se asomó a la ventanilla del tren

y saludo a la que quedaba en el andén

mientras él iba a buscarse para estar completa

en el hospital no había otro como ella

ni como ella hubo otro que la reconociera

el doctor le dijo ¡te va a doler!

y él le dijo que el dolor era lo que lo unía a ella

la muerte dejó que ella no muriera incompleta

y aunque da tristeza verlo morir en su cuerpo alegre de mujer

podemos acudir a sus funerales con nuestra verdad en el alma

su ilusión entre las piernas

y la impiedad de los que rezan por él y no por ella

:: The Danish Girl / Inglaterra /2015 / Drama basado en hechos reales / Tom Hooper

el luchador ::

doy fe de que el mundo había trepado a su espalda

y reservo para mí haberlo visto huir sobre el arco de sus hombros

lo arrasaba ese peso de lo habido sin aliento y en desamparo

también su sombra era una carga al borde del cuadrilátero

en el alzapié del bar o en el supermercado

los que quisieron pudieron verlo cuando imploraba una bendición

piedad que pidiera como lanzando un golpe en una pelea arreglada

para ese silencio habido en la paternidad de sus brazos

para esa lágrima que fue la mejor de las mejores lágrimas que se viera
en la pantalla

doy fe era una contienda de oscuridad entre los omóplatos

que le llegaba como una enmienda de luz a los carrillos de la quijada

llevaba el peso de lo que amaba como en vísperas de un adiós o el
final de una batalla

al alejarse podía arrastrar desolación en los ojos y vacuidad en la
mirada

como a un cortejo de curiosos nos remolcaba en su morral de almas

pudo suceder un milagro pero ni siquiera dios entendía sus plegarias

al menos hubo una benéfica conspiración de las mujeres que amaba

   una tregua que suponemos pudo conseguir en una escena no filmada algunos dicen que murió en su ley

otros buscan reducirlo a un clown de espaldas anchas

reservo para mí que lo vi saltar sin esperanzas

46

:: **The Wrestler / Bélgica / 2001 / Drama / Lieven Debrauwer**

frankenstein ::

Ya he visto esa escena mil veces

la última flor cae al agua

y hace un ruido de niña

la sombra crece

hasta que el dolor desaparece

:: Frankenstein / USA / 1931 / Terror / James Wale

los tangos que no bailó norberto
daniel barroso

a mi hermano

os tangos que no bailó Norberto

49

ustración de tapa: **foto familiar retocada**

aniel barroso

danielbuenosayres54@gmail.com
http://www.facebook.com/danielbuenosayres
http://danielbarroso.com.ar

a tres bandas

mi viejo empuñaba el taco

como parte de su osamenta

carpeteaba la relatividad verdolaga de la mesa

calculaba un apronte entre ceja y ceja

urdía un firulete clandestino

con puntería de delincuente

con severidad de profeta

y en puntas de pie

hacía que se besaran los planetas

entrevero

nunca

fui en busca del bien

la guerra

me puso en el lugar

de los hambrientos

errando el viscachazo

apuntamos en una libretita de naúfragos

fechas

inventarios

fulanos y fulanas

numeritos de infortunios

suerte mancada en una cruz de calendario

secuencia cachuza de lo que no

renglones chacabucos de lo que tal vez

borrones o manganetas de lo que nunca

somos de llevar la cuenta

de no avisparnos de nada

de cuidar la caligrafía hasta estrolarla

de esperar recompensas somos

de merodear la orilla como alacranes

estufados por no estar en la nómina

contando las chirolas del purgatorio

se nos va la vida en homenajes y salas de espera

entre bambalinas y aniversarios

ninguneando la acrobacia de cinchar en la cornisa

con la gilet achurando la lengua

esperando caer como gatos o trapecistas

de esa cosa blandita estamos hechos

de esa menesunda de alquimistas y taitas de pedorreta

de esa baba que chorrea la claraboya del universo

de ese cuerito crujiente de los escarabajos

de telita de cebolla y tornillos debidamente ajustados

llevamos el carro con el matungo cansado

el espasmo del pubis y el orsai del camposanto

trenzas de mujer acollarando el alma

el gusano azul de los pulmones

la grasa cansada de los besos

el preámbulo de los esfínteres

el manyamiento de las caricias filosamente envainadas

todo lo que podemos guardar

cuando ya no hay tiempo de guardar nada

cha que lo tiró

la vida se pone turra cuando le soñás la falda

se te acuesta la muerte entonces

ocupando la diestra en la catrera

uno lo va sabiendo

acodado a la ventana mirando el sol o la luna o la ropa tendida

olvidando el vértigo y el maldito tic tac ortiba

al cuete nomás

campaniamos ilusiones que se pierden al doblar la esquina

entonces

parece que se va a mancar antes de tiempo el tungo

eso parece

a uno le parece que este balurdo no alcanza para nada

y no alcanza

eso pasa

uno debería tener instrucciones de uso

olvidarse de la garantía y romperse de golpe

sin cortocircuitos ni averías

pero

qué va

le damos cuerda al juguetito

armamos y desarmamos sin mérito ni medida

y esperamos que haya repuestos

sí

es así

espero como siempre

con la copa llena

y otra más

no sea cosa que la soledad

brinde a mis espaldas

araca dios

en esta ciudad

ruedan

cabezas de ángeles
son las monedas
con las que el quía

paga sus deudas

deschave

no me molesta amanecer cachuso

con el destino trunco

contarle las costillas al día

ni chingarla con buena puntería

seguir de apoliyo babeando sueños

o archivando carencias

no me molesta el chusmerío ni tener al palo mi doctrina

hocicar en la largada o llegar de gorra a la meta

no me molesta ni el filo ni el tajo

si la herida es diquera

ni soportar el lastre de soñar en la cuneta

lo que de veras me molesta es tu berretín

por los crucificados

mientras te hacés el otario

y en el purgatorio nos dejás esperando

como si tu obra fuera perfecta

el viejo martín

se fue así

lo trabajaron de apuro las musas de la paternal

con el feite de la noche achurándole los ojos

a la hora de los tristes

cuando los gatos desnudan los techos

y las estrellas escarchan su luz de yeso

se fue así

con la espalda hecha sombra

mancando adioses sin consuelo

lamiendo hasta el hueso falluto de las cosas

galopiando su alma matunga y cabrera

mangando a dios la gilería del último notario

se fue así

yirando con tres pinceles de crenchas secas

borroneando el mundo hasta dejarlo mocho

afanando colores para pintar el cielo

como quien pinta el camino de los buenos

y no se va con ellos

chicato

que no ve

te digo que no se ve

un riachuelo de madrugada en pleno invierno es lo que se ve

ni las caderas de melani grifit ni las manos de rivero

ni eso se ve

en realidad sobredosis de imágenes

pampa incendiada

potrero del horizonte

más allá de las narices la guampuda realidad

los que no todos pueden ver

antes de olivarse

mi viejo

abandonó el geriátrico
con un suicidio largo

60

sucedió como una sombra
con el alma renga
brillando sobre el betún de sus ojos
la última pirueta de su osamenta

todavía aúllan mis pasos
en la sala de espera
mientras el guay de dios pasa el lampazo
y no limpia nada
arrastra la mugre hasta la vereda
echa un baldazo
y cierra la puerta

¡minga!

no me hagás la cuenta

que el rosario es muy largo

y a la final te voy a revirar con lo que tenga

ojetudo

por debutar bajo una parra

por llegar siempre a tiempo

por no llegar nunca

por acabar afuera

por escapar de los ratis

por pólvora y yerba seca

por andar al garete y no perder el rumbo

por no tropezar con la patas del mismo caballo

por tener malos hábitos y huir de los supermercados

por mentar a dios cuando el martillo esquiva el clavo

por la virtud de jugar orsai cuando vienen apurando

por gastar más de la cuenta

por la progenie y entender que no hay que entender a las mujeres

por los buitres que se mueren antes de llegar al camposanto

por el matungo cadáver esperando turno

por no terminar en la cuneta

por el escolaso del poema

por el prontuario cotidiano

por no entender la simetría ni los calendarios

por las musas en tierra de nadie

por no encanutar lágrimas ni turras garantías

por no mirar para atrás al doblar la esquina

por no agradecer a la vida su instinto suicida

por no recibir señales ni recetas conocidas

por olvidar la llave y abrir con la ganzúa

por dormir sin sobresaltos

y despertar como si fuera la última partida

fané

te tengo maldito

nunca te piantás del espejo

orejeando el naipe

almita escruchante

mechera arrogante de mis botones de muestra

tiovivo de las penas

monigote del color de las tramperas

atravesame el caracú

dejame chorriando la grasita de los besos

sobre el estaño y las ochavas

pasame el trapo de tu venganza

apretá el nudo que dios anda de juerga

y se lustra los escarpios con la renguera de este tango

dale

mientras el cuerpo aguante

y el cuore cobije su arteria cuadripléjica

dale nomás

barajá la fullería de tus lagrimitas callejeras

que estoy colifa y aguanto el vale cuatro

que estoy de escolazo con mis fantasmas

aunque me tiemble la pera

soy el berretín de los que palman sin abrir la boca

costura blanda que no se desata y sangra y gotea

ese cuchitril de los espejos soy

que no devuelven nada y se tragan hasta las muecas

dale que va

sujetame al palenque de tus matungos de noria

golpiame las lápidas negras de los ojos

enllename el vacío que rebalsa mis manos

que me cuesta orejear lo grasiento del naipe

cuando la noche se hace vino

y la vida se pone espesa

papando moscas

la modestia espiritual

de esperar

abulonado a esta silla

acodado a la mesa

como

cualquier espía nocturno

o juglar de avería

convertido en orín para gárgolas

o diapasón de los tristes

al galope mostrenco

de la codicia de los justos

así

fumo mi vida

con aire de hartazgo

o satisfacción diquera

casi un berretín de verme llegar

con las manos en el grilo

y un agujero en la nuca

por donde aún respiro

escolaso

si te vas a tomar el piro

no sueltes mi mano

que me pierdo cuando estoy de olvidos

semblanteando el cuore

no me voy a negar cierta melancolía

algo de espiante

y runfla filosófica

abocado a la tarea

de apoderadme de lo inútil

apadrinando lo turro del alma

como dando cátedra de sombras

que me chistan

cuando les doy la espalda

tras cartón

los que remanyan la dosis de estar al día

los atentos a la cacería de sombras

los que fantasmas apoliyando en la banquina

los que urden pesadillas y sangran en el estaño

los maniatados al bagayo del recuerdo

los que no rehuyen el esquinazo de los besos

los que por una cabeza llegan a destiempo

los que no andan como mortajas y saborean el entrevero

los que alumbran con sus negruras

los que guardan chuchuerías sin envoltorio

los que siempre chingan el camino a casa

los más puros del purgatorio

los que nunca se caen de mis manos

escrachamiento

aun me desconcierta este andamiaje de huesos

esto de llevarme acuestas

y esperar la parca

como quien se lustra los escarpios

darique buenos aires

buenos aires detesta la flojera

sólo se queda con los gabiones del desvelo
solamente con los que mueren
cantando en las veredas
los que barajan revire de amores
o traiciones estéticas
los que pelean hasta que la herida
sangra su luna en la catrera

solamente a esos se les abre de piernas
y no les pide que acaben afuera

los tangos que no bailó norberto

no se abre paso la luna sobre el tajo de la noche
ni tiene rumbo esa mirada amurada a la mesa
camorrera soledad de coimear a dios sin resultados
morisqueta lúcida para espantar la sombra dormida de los patios

siempre así la noche de los tangos que no bailaste
huesos de luz trepando muros y esquivando el brillo
música de fondo crujiendo al borde de la sábana
suerte de clavadista llegando al fondo como una estaca

así

siempre

así

engrampado al cielo de los tangos que no bailaste
sin barbitúricos ni lirismos
sin la gilería de los que por apuntar
apuntan a cualquier lado

asi

siempre

así

a revienta caballo el destino boqueando en cada esquina
a los tortazos con el absurdo de llorar en bambalinas
listo para encanar la inocencia equivocando la salida

los tangos que no bailaste
sádica melodía empujando al vacío sinuoso de las piernas
lotería de la cadencia esquivando los zapatos

bailarín detenido por la cicatriz de un compás sin alma

que rezonga como un fuelle sin manos

te veo venir

como buscando la baldosa

donde agoniza la verdad de tus tangos

ese catecismo mistongo de añapar la vida

ese escaparate de furias donde exhibir herida

pero las cosas han cambiado

está mansa la noche y nos abrimos paso

como quien huye del festín de los otarios

cuando la luna alumbraba por el tajo

glosario

lunfardo: jerga que originalmente empleaba en la ciudad de buenos aires y sus alrededores de carácter inmigratorio por los estratos bajos de la sociedad / parte de sus vocablos y locuciones se difundieron posteriormente en la lengua popular y en el resto del país

a la final: al final

a tres bandas: lance de billar

acoyarando: unir en matrimonio o en concubinato. sujetar, afirmar algo.

achurando: asesinando / matando

afanando: robando

al cuete: que no sirve de nada.

al palo: expresión semejante a: al máximo rendimiento de lo que sea

andaba al cuete: al garete / inútilmente

añapar: atrapar.

apoliyo: equivalente a tener sueño / dormir

araca: expresión que tiene que ver con un toque de atención, de alarma.

avería: malhechor

avispamos: avivarse / advertir, despabilar.

bagayo: paquete envoltorio

balurdo: mentira / embrollo / engañar, cosa complicada

berretín: capricho / ilusión

briyo: brillante

cachusa/o: achacoso, deteriorado.

camorrera: peleadora

campaniamos: miramos / observando sin ser visto o con disimulo

caracú: sustancia grasosa que equivale a la médula de la vaca.

carpeteaba: mirar sopesando posibilidades

catrera: cama

cha que lo tiró: expresión de cierto desagrado / similar a: que macana / que lo parió

chacabucos: enfermizos, desvencijados

chicato: corto de vista

cinchar: se dice de la labor de aquel que tiene un trabajo u oficio muy duro / acometer una labor que requiere de gran esfuerzo físico.

chingan: erran

chusmerío: murmuración falsa, o comentario con que generalmente se pretende indisponer a unas personas con otras / falsedades

colifa: loco

crenchas: pelos

cuore: corazón

cuchitril: lugar descuidado y sin aseo

chingarla: errar, equivocarse. fracasar en algo.

chirolas: antiguo término que aún se aplica / y que significa moneda y también, pequeña cantidad de dinero.

chorriando: chorreando

darique buenos aires: inversión silábica de querida / querida buenos aires

de ronga: de prestado / gratuitamente

deschave: confesión / apertura de una cerradura o cerrojo

diquera: alarde / falsa apariencia

el quía: alguien innominado

engrampado: atrapado

enllename: llename

entrevero: desorden / lío

errando el viscachazo: errar el tiro / golpe / lance

escarpios: zapatos

escolaso: jugar por dinero / por extensión jugar con expectativas

escrachamiento: acción de poner en evidencia

escruchante: delincuente / ladronzuelo

espiante: escape / huida / partida / retirada / locura

estaño: se llamaba así al mostrador (tenía una placa de estaño) de los bares

estrolarla: golpearla fuertemente

estufados: aburridos / fastidiados / cansados / molestos

fayuto: falso / desleal / vil / hipócrita

feite: tajo / corte producidos con arma blanca

firulete: adorno, mudanza exagerada en un bailarín.

fuelle: bandoneón

fulano/a: persona innominada / forma de referirse a otra persona

gaviones: pretendientes / amantes

galopiando: galopeando

ganzúa: llave maestra para abrir cerraduras

galería: cosa de tontos / sin importancia

gilet: marca de una hoja para rasurar la barba

golpiame: golpeame

grilo: pantalón

el guay de dios: el asunto / la tarea de dios

hocicar: flaquear / entregarse / darse por vencido / dejar de oponer resistencia

guampuda: cornuda

lo laburaron de apuro: lo tomaron por sorpresa y mala intención

llegar de gorra: beneficio gratis / a costa de otro

mancado: carente de algo / frustrado / tropezar con un obstáculo que lleva al fracaso.

minga: negación / nada

mancada/o: frustrarse / tropezar con un obstáculo que lleva al fracaso

manganeta: treta / engaño

mangando: pedir / solicitar permanentemente algo / cosa o dinero

manyamiento: conocimiento de algo

matungo: caballo viejo / achacoso / inútil

mechera: mujer que roba y luego oculta el botín entre sus ropas.

menesunda: droga / desorden, lío.

me tiemble la pera: me dé miedo

mistongo: humilde, insignificante

ojetudo: que tiene suerte.

olivarse: irse

orejeando naipes: en el juego de cartas: ir descubriendo una a una / lentamente / las cartas que tocaron en suerte.

orsai: en el fútbol: aquél jugador que se encuentra en posición fuera de juego (adelantada) / desubicado / ing. "off-side"

ortiva: alcahuete

otario: tonto, cándido

palman: mueren

papando moscas: estar distraído

pasar el trapo: dejar en derrota

piantás: escapás / huis

ratis: policías

remanyan: que conocen muy bien

revire / revirar: enloquecer / devolver el convite

runfla: gavilla / pandilla

semblanteando el cuore: observando, sopesando el corazón

taco: hace referencia al taco de billar

taitas: nombre que se le da al varón que hace gala de su valentía / osadía / fortaleza física y audacia.

tamangos: zapatos

tauras: audaces

tomar el piro: irse

tras cartón: súbitamente / inmediatamente.

tungo: caballo / aféresis de matungo

turra: ramera / ladina / engañosa / frustrante

verdolaga: hace referencia al color del paño de las mesas de billar

yeite: ocasión / asunto / asunto dudoso.

yirar / yirando: andar al garete

índice

el ojo virola de sartre

final de película

los tangos que no bailó Norberto

http://www.facebook.com/danielbuenosayres
http://danielbarroso.com.ar
danielbuenosayres54@gmail.com